Onderdanige Slavin en andere verhalen

Erika Sanders

Serie
Overheersing en erotische onderwerping

Korte inhoud

Dit boek bestaat uit de volgende verhalen:

Onderdanige Slavin is een verhaal met een sterk erotisch BDSM-gehalte en behoort op zijn beurt ook tot de Erotic Domination-collectie, een serie romans met een hoog romantisch en erotisch BDSM-gehalte.

(Alle personages zijn 18 jaar of ouder)

Opmerking van de schrijver:

Erika Sanders is een bekende internationale schrijfster, vertaald in meer dan twintig talen, die haar meest erotische geschriften, ver van haar gebruikelijke proza, ondertekent met haar meisjesnaam.

Inhoudsopgave:

ONDERDANIGE SLAVIN EN ANDERE VERHALEN
ERIKA SANDERS

ONDERDANIGE SLAVIN

Slaaf Susan werd wakker met een heerlijke drang om haar Meester te verzorgen, maar was ontzet toen ze ontdekte dat hij al weg was.

Op het kussen naast haar lag een briefje, een enkele orchidee en een cadeaubon voor haar favoriete spadag.

Ze gaapte en rekte zich uit en las toen gretig het briefje.

"Ik wil dat je de dag doorbrengt ter voorbereiding op mij. Je mag vandaag niet masturberen, want ik zal je later alles geven wat je nodig hebt. We zijn vanavond bij het liefdadigheidsbal en daarna zal ik je op alle mogelijke manieren gebruiken, totdat Ik heb er genoeg van." ".

Susan wist dat haar masterbriefje veel meer zei dan er stond, omdat ze zijn hart kende.

In drie korte zinnen vertelde hij haar dat deze dag en deze nacht voor haar plezier en het zijne zouden zijn, dat er geen deel van haar was dat hij niet tot het uiterste zou drijven, en dat ze alles moest doen wat nodig was om hem zover te krijgen was voor hem zo aangenaam mogelijk.

Susan hield ervan haar Meester een plezier te doen en Hij maakte alles tussen hen altijd perfect.

Susan stapte uit bed en draaide haar haar in een haarspeld terwijl ze naar de badkamer liep.

Aan een haak aan de achterkant van de deur hingen de jurk, kousen en schoenen die meester Robert voor haar had uitgezocht om te dragen.

Er was geen ondergoed.

Susan glimlachte, waste vervolgens haar gezicht, poetste haar tanden, en voordat ze naar de kamer terugkeerde, opende ze de onderste la van het dressoir, haalde er de Chinese ballen uit en trok het stringslipje uit waarin ze had geslapen.

De Meester had gezegd dat er geen enkel deel van haar was dat Hij niet zou gebruiken.

Langzaam plaatste hij de Chinese ballen op hun plaats en onmiddellijk stelde hij zich de prachtige lul van zijn Meester al voor...

Hij trok de korte spijkerbroek en het gele overhemd aan dat meester Robert de avond ervoor droeg.

Ze droeg zijn kleren graag.

Zo kon ze het zo aan zichzelf ruiken.

Hij trok zijn sandalen aan, pakte de cadeaubon en ging snel op pad.

* * *

Susan arriveerde en ontdekte dat meester Robert alles volgens haar instructies had georganiseerd, zoals hij normaal deed.

De vrouwen in de kamer zeiden niets tegen hem, maar gingen gewoon door met waar ze mee bezig waren.

Ze voelde zich niet ongemakkelijk bij wat de wereld als een onderdanige relatie beschouwde, omdat de wereld niets wist van de liefde die ze deelde met haar Meester Robert.

"Ja, we zijn meester en slaaf", dacht ze terwijl de manicure aan haar voeten werkte, "maar we zijn ook man en vrouw, Robert en Susan, zielsverwanten!" Het maakte niet uit of de rest van de wereld het niet begreep.

Simpelweg omdat ze geen idee hadden van de ware liefde tussen hen.

Toen haar manicure en pedicure voltooid waren, werd ze naar de badkamer met lavendel en vanille gebracht.

Dit was zijn favoriete onderdeel en meester Robert wist het.

Het was erg moeilijk voor haar om zichzelf niet te plezieren als ze alleen achterbleef in de geurende badkamer, maar ze wist dat haar Meester vanavond veel van haar zou willen, dus rustte ze uit zonder een orgasme te krijgen in de badkamer.

Ten slotte wast haar haar aan de beurt, ze wast het en stapelt het verleidelijk op haar hoofd, waarbij ze het vastzet met de haarspeld die Hij voor haar had gekocht op hun eerste afspraakje.

Ze glimlachte blij, denkend aan het plezier dat het Hem zou schenken de speld uit haar haar te halen en hem over haar schouders te zien vallen.

Dit zou een avond zijn om nooit te vergeten.

Thuisgekomen deed ze haar make-up op.

Dan waren er nog de hoge zijden kousen en zeven centimeter hoge zwarte hakken die hij in Italië voor haar had gekocht.

Hij bleef daar staan om zichzelf in de spiegel te bekijken.

Er ontbrak iets.

Het was een korte gedachte die ze snel uit haar hoofd zette.

Als hij meer had gewild, had hij het voorzien.

Ze verwijderde de Chinese ballen die haar de hele dag op de rand van een orgasme hadden gehouden, trok vervolgens de delicate jurk over haar hoofd en liet hem langs haar lichaam glijden.

Ze was blij met de manier waarop ze in de spiegel keek en Robert zou dat ook zijn.

Een vleugje van haar favoriete parfum en ze was klaar.

Ze pakte de orchidee die die ochtend in een kom met water had gezwommen en stopte hem in de haarlok in haar nek.

Toen ze zijn auto de oprit hoorde rijden, werden haar tepels hard en begon haar kutje te kloppen.

Normaal gesproken zou ze op haar knieën bij de deur op hem hebben gewacht met gebogen nek, zodat haar lichaam volledig tot zijn beschikking stond.

Ze was erg ongerust.

Ze haastte zich naar de onderkant van de trap om op hem te wachten.

Toen Hij binnenkwam, had ze al bloosd van opwinding en ze voelde dat haar uiterlijk hem beviel terwijl hij naar haar stond te kijken.

"Je ziet er heerlijk uit, slaaf Susan."

"Dank u, Meester Robert, ik ben erg blij dat u tevreden bent."

"Het lijkt erop dat je iets bent vergeten."

"Ben ik iets vergeten?"

Robert pakte haar bij de pols en leidde haar de trap op.

Op het kussen waar het briefje en de bloem hadden gelegen, lag haar choker.

Ze was verbaasd dat ze het niet eerder had opgemerkt en herkende meteen haar fout.

Meester Robert had de handgemaakte choker voor haar klaargelegd, samen met de bijbehorende stropdas voor hem.

Haar choker bevatte een half kristallen hart dat perfect paste bij de andere helft die ze droeg.

Hij had het haar op hun trouwdag gegeven.

Hoe was het hem gelukt om het niet te merken?

Haar tepels begonnen zich uit te rekken en haar vagina klopte toen ze besefte hoe ernstig haar fout was.

Robert maakte zijn riem los.

'Ik hou van je, Susan, maar ik kan zo'n zorgeloosheid in je voorbereiding op mij niet toestaan.'

"Ja, mijn lieve bezitter."

"Buig voorover en pak je enkels."

Het was niet nodig dat haar werd gezegd dat ze haar benen moest spreiden, omdat ze al eerder op deze manier was gestraft.

Meester Robert keek graag naar haar kutje als hij haar sloeg.

Hij pakte de zijden jurk en liet hem langzaam langs haar benen naar haar middel glijden en vanwege haar positie bleef hij naar beneden glijden en rond haar tieten, een beetje over haar hoofd en gezicht heen.

Wat een prachtig gezicht liet ze hem zien, zo elegant gekleed, maar zo grof geposeerd.

Hij kon zien hoe opgewonden ze was aan de manier waarop het natte kutje van haar kutje glinsterde in het licht.

Hij verwijderde de riem die hij in zijn hand hield en dacht er beter over na.

Het zou een lange nacht worden.

Hij draaide zich om, liep naar haar kant van het bed en pakte in de lade van haar nachtkastje een leren zweep die hij vaak bij haar had gebruikt.

Het had een lang handvat en aan het uiteinde hingen negen dunne stroken zacht, soepel leer.

Er werd goed gebruik van gemaakt en gewaardeerd.

Hij keerde langzaam naar haar terug, genietend van het prachtige beeld dat ze had gecreëerd en observeerde de veranderingen die over haar heen kwamen.

Ze ademde zwaar en kon moeilijk stilzitten.

"Ahhh, mijn slaaf Susan, ik ga vanavond van je genieten!"

En daarmee verbond hij drie snelle zweepslagen richting haar kont, waardoor ze schreeuwde van pijn en plezier.

Hij deed een stap achteruit en keek naar de snelheid waarmee de rode strepen op haar kont begonnen te verschijnen.

"Shit!" Dacht hij bij zichzelf! "Hoe ga ik mezelf vanavond inhouden?"

En met die gedachte kwam de oplossing meteen.

Hij zou het nu meteen voor de avondsessie krijgen, eenmalig om van de drang af te komen.

Hij opende ruw zijn broek, haalde zijn toch al stijve pik eruit en duwde hem diep in haar kutje, niet voor plezier, maar om haar te smeren.

Wat hij op dat moment het liefste wilde, was rood, strak, glanzend en klaar voor hem.

Tot haar grote ontsteltenis trok hij zijn pik uit het druipende poesje van slaaf Susan terug en duwde hem diep in haar wachtende kont.

De roep van "JA!" uit haar lippen voedde zijn vuur en hij sloeg als een waanzinnige op haar opgetrokken heupen.

Hij hield haar stevig vast en stopte niet voordat Hij op het punt stond te ontploffen.

Ze hoorde haar eigen moeizame ademhaling en gekreun terwijl een lading zijdezacht sperma over haar rode kont kwam en ging.

Toen hij weer bij zichzelf kwam, realiseerde hij zich dat hij zijn hete sperma in de tedere, gewenste kont van zijn slaaf Susan wreef terwijl ze hem keer op keer bedankte.

"Ik draag vanavond mijn zwarte smoking, Susan," en daarmee ging hij naar de douche terwijl slaaf Susan haar choker omdeed en vervolgens naar de kast ging om haar smoking te halen.

Ze was zeer grondig en controleerde nogmaals of alles wat Hij nodig had op Hem wachtte toen ze uit de douche kwam.

Ze plaatste elk voorwerp op het bed terwijl ze dacht aan de manier waarop hij haar zojuist had gebruikt, de prachtige manier waarop zijn ballen tegen haar clitoris sloegen terwijl hij haar kont verwoestte.

Ze was zo in gedachten verzonken dat ze hem achter zich pas hoorde toen hij haar zachtjes in de nek kuste.

'Ik wil je niet straffen, Susan, maar o! Wat zie je er prachtig uit als ik dat doe.'

"Dank u, meester Robert."

* * *

In de auto liet meester Robert de mantel langs haar benen glijden en spreidde haar dijen.

Hij raakte haar nog druipende kutje aan, maar verbood haar te klaarkomen.

zo'n korte tijd te zien , omdat ze zeker wist dat ze het niet veel langer had volgehouden.

Hij stopte zijn vingers in haar mond zodat ze ze met haar tong en lippen kon schoonmaken, terwijl hij met zijn andere hand de drie kleine knoopjes aan de bovenkant van haar beha losmaakte.

'Laat het zo,' zei hij tegen haar, en vervolgens kuste hij haar teder op de lippen, voordat hij haar zei dat ze moest wachten tot hij de deur opendeed.

In de hal moest ze regelmatig van zijn zijde wijken, maar hij was altijd in het zicht van haar.

Slaaf Susan praatte beleefd met de andere bedienden, maar zoals gewoonlijk ging ze naar de rustigere plekken en werd alleen gelaten.

Meester Robert had een grote vraag naar aandacht en ze bewonderde de manier waarop hij zichzelf in deze situaties behandelde, zo galant, zo knap.

Toen haar ten dans werd gevraagd, keek ze naar Hem voor leiding.

Het was tussen hen duidelijk dat er momenten waren waarop beleefde acceptatie nodig was, maar ze wachtte altijd op Zijn instemming voordat ze accepteerde en kon er bijna altijd op rekenen dat Hij zou stoppen met wat ze ook deed.

Vanavond wachtte hij echter op zijn meester Robert en wees de aanbiedingen af, zelfs als hij ermee instemde.

Na de derde weigering liep hij door de kamer naar haar toe.

"Ben je oke mijn liefste?"

"Ja."

"Waarom dans je niet?"

'Omdat ik vanavond gewoon met je wil dansen.'

'Dan zul je, Susan, je wens vervullen.'

Hij liet zijn hand om haar middel glijden en liet haar zachtjes op haar rug rusten om haar naar de dansvloer te leiden.

Hij hield haar stevig vast en danste met haar.

Hij keek naar haar alsof ze de enige vrouw ter wereld was, kwelde haar huid met Zijn ogen en lokte haar naar de rand van geluk met gefluister over hoe Hij haar later zou gebruiken.

"Breng me naar huis?" Ze fluisterde tegen hem.

Hij nam haar bij de hand en leidde haar door de menigte.

In de auto kusten ze elkaar hartstochtelijk en slaaf Susan fluisterde hem haar hartenwens toe.

'Ik heb mijn meester Robert nodig.'

Robert reageerde door zijn broek los te knopen en haar toe te staan hem op weg naar huis te verzorgen.

* * *

Op de oprit, nadat hij de auto had uitgezet, liet Hij haar daar staan genieten van de hongerige manier waarop ze Zijn pik verslond.

Het zorgde ervoor dat ze net lang genoeg bleef staan om haar jurk over haar hoofd te schuiven en op de achterbank te gooien.

Vervolgens schoof hij de stoel naar achteren, haalde de speld uit haar haar en liet het over haar schouders vallen.

Hij hield van haar zwarte haar, de manier waarop het over haar gezicht en schouders viel en de manier waarop het zijn vuisten vulde toen hij het vastpakte.

Robert keek haar een hele tijd aan en verwonderde zich over de manier waarop ze zijn pik aanbad, eraan zuigend alsof het haar eigen levensonderhoud was.

Toen haar verlangen om klaar te komen groter was dan Zijn terughoudendheid, begroef Hij Zijn handen in haar haar en duwde Zijn pik diep in haar keel.

Hij bewoog zich in en uit haar mond en keel met een diepe behoefte die haar dreigde te verslinden.

Slaaf Susan beefde in zijn handen en hij besefte dat zijn eigen vrijlating de hare zou triggeren.

Nog een laatste steek diep in zijn keel en hij explodeerde van extase.

Elke straal hete melk schudde haar lichaam met een kramp die gelijk was aan die van hemzelf.

Ze waren meester en slaaf en toch waren ze één.

Een lichaam ...

Een mooie melkkramp...

Een liefde!

* * *

Slaaf Susan opende haar ogen toen Meester Robert de deur opende.

Hij stak zijn hand uit en hielp haar uit de auto.

Ze stond voor hem in het maanlicht, haar dijhoge jurk, zijden schoenen en choker met daarin een half kristallen hart.

Het licht van de maan en de sterren dansten op haar huid en Hij haalde diep adem toen hij haar zag.

"Kom mijn liefste, onze avond is net begonnen."

Hij leidde haar naar binnen en naar de slaapkamer, waar hij de balkondeuren opende om de zeebries binnen te laten.

Hij nam haar choker en verving die door haar ketting, en leidde haar vervolgens naar het bed waar hij haar verbond.

'Ga liggen. Ik wil voelen dat je lichaam zich aan mij onderwerpt,' fluisterde hij.

Ze deed wat hij vroeg en wachtte vervolgens op zijn volgende bestelling.

Toen er niemand kwam, probeerde ze haar ademhaling te kalmeren en probeerde ze hem in de kamer te horen.

Waar zou Hij kunnen zijn?

Wat ben je aan het doen?

Zijn gedachten raasden, anticiperend op zijn plannen voor haar.

Ze wachtte wat een eeuwigheid leek, denkend dat ze hem kon horen ademen, maar was er nooit helemaal zeker van.

Toen hij eindelijk dacht dat een pak slaag wegens ongehoorzaamheid beter was dan nog een seconde wachten, pakte hij de blinddoek, maar in plaats van haar in de problemen te laten komen, zei hij tegen haar: 'Raak jezelf voor mij aan.'

Drie woorden, drie kleine woordjes, ontstaken een vuur in haar dat ze nog nooit eerder had gevoeld .

Onmiddellijk lagen zijn handen op haar lichaam, één op haar borst en één tussen haar benen.

Binnen enkele seconden kronkelde ze van een orgasme, met de benen gespreid, de knieën gestrekt, de vingers woedend haar kutje neukend tot het klaarkwam, haar rug gebogen totdat niets anders dan haar kont en de achterkant van haar hoofd het bed raakten.

"Ja! Robert! Oh, mijn meester Robert! Ja! Ja! Ja!"

Ze was nog niet helemaal in haar lengte nadat ze het opnieuw had gehoord:

'Opnieuw. Doe het nog een keer.'

Ze rolde op haar buik en zette haar knieën onder haar lichaam en duwde haar kont in de lucht, zodat Hij het kon zien.

Ze begroef haar vingers zo diep als ze kon in haar kutje en masturbeerde opnieuw voor het vermaak van haar Meester.

Toen het arriveerde, duurde het veel langer dan de eerste.

Hij bereikte haar magische plek keer op keer, totdat hij uiteindelijk, rennend en rennend langs de binnenkant van haar dijen, haar om genade begon te smeken.

Ze draaide zich op haar rug en riep:

"Robert! Oh, Robert! Alsjeblieft! Alsjeblieft! Neuk me alsjeblieft nu!"

Hij toonde geen genade toen hij haar vastpakte en haar ruw op haar buik rolde.

Ze herkende zijn zweep zodra deze haar huid raakte.

"Bedankt, Meester! Bedankt voor je vrijgevigheid. Bedankt dat je me hebt laten klaarkomen. Bedankt dat je genoeg van me houdt om me te straffen als ik je niet het juiste respect betoon."

Bij elke beroerte kreeg ze de dankbaarheid die ze had moeten uiten toen Hij haar toestond te komen.

Hij kon zich niet meer inhouden!

Hij besteeg haar zoals ze was, met haar gezicht naar beneden en nat van de behoefte.

Hij gleed zo gemakkelijk tegen haar aan dat ze dacht dat hij haar zou vernietigen.

Hij pakte twee handen vol haar haar en pompte haar koortsachtig.

Ze was hem nog steeds aan het bedanken toen ze zijn lid diep in haar voelde.

Hij gooide haar en draaide haar naar binnen en ze kronkelde onder Hem, wachtend tot Hij haar zou geven wat ze nodig had.

Hij neukte haar tijdens haar orgasme, zonder te vertragen of te stoppen totdat hij uiteindelijk ook klaarkwam, diep in haar baarmoeder.

Ze lag onder Hem, melkte Zijn pik met haar kutje en fluisterde keer op keer: "Dank je, dank je, mijn lieve bezitter", terwijl haar Meester Robert verrukkelijke lof in haar oor mompelde.

Het constante trekken van haar kutje aan Zijn pik hield hem rechtop en al snel bewoog Haar eigen heupen weer.

Hij hield van de manier waarop haar wensen en behoeften overeenkwamen met die van hem.

Hij gaf zichzelf zo volledig aan Hem dat er nooit een moment was waarop een van hen tevreden was voordat aan de behoeften van de ander was voldaan.

In het begin voelde haar lichaam soms pijn van zijn lange, dikke pik en zijn sterke eis voordat ze volledig tevreden was, maar nu pasten haar lichaam, haar buik, haar ziel als een handschoen tegen hem aan en was de pijn van haar liefde slechts schijnbaar. de volgende dag.

Ze was in alle opzichten de zijne en ze was er net zo blij mee als hij.

Robert was gefascineerd door hoe snel hij weer voor haar klaar was.

Hij liet zijn handen langs haar armen glijden en pakte haar polsen vast.

Ze hield ze boven haar hoofd bij elkaar terwijl hij in de la van het nachtkastje reikte en zijn manchetten eruit haalde.

Nadat hij haar polsen had vastgebonden, trok hij zijn pik uit haar hongerige kutje om naar de kast te gaan voor een touw.

Hij bond het touw aan zijn polsen en gebruikte het als riem.

Ze was nog steeds geblinddoekt, ademde zwaar en hij wist dat ze behoeftig was.

Hij stak zijn hand weer in de lade en haalde er een mondring uit.

"Open je mond, slaaf Susan."

Ze deed zonder twijfel wat Hij vroeg, omdat ze allebei de betekenis van hun relatie kenden.

Hij plaatste de O-ring in haar mond en maakte hem stevig om haar hoofd vast.

Vervolgens pakte hij haar van het bed en zette haar op zijn knieën.

Wat zou volgen was geen straf, maar plezier en slaaf Susan hadden snel geleerd dat er een verschil was.

Meester Robert hield haar bij de haren vast en duwde zijn pik door de knevel en in de keel van slaaf Susan.

Hij hield hem daar vast totdat ze begon te kokhalzen en trok hem er toen uit.

Hij duwde opnieuw en hield haar vast, maar binnen enkele seconden kokhalsde ze weer.

Hij haalde het eruit en wachtte.

Toen haar ademhaling zich stabiliseerde, duwde Hij haar opnieuw.

Deze keer kon ze het vasthouden zonder te kokhalzen.

Hij pompte haar niet, hij bewoog niet eens, maar hij liet zijn pik in haar keel zitten totdat ze begon te kronkelen.

Toen haar kronkelen omging in worstelen, trok hij zijn pik tevoorschijn en streelde haar haar.

"Dat is mijn meisje!" ' zei hij trots. "Dat is mijn lieve meisje."

Deze tedere woorden zorgden ervoor dat de tepels van slaaf Susan strak samentrokken en haar kutje vochtig werd van de behoefte.

Meester Robert trainde zijn odalisque om zijn hele lul te nemen zonder te kokhalzen.

Het was een kwestie van geduld en oefenen, maar het ging steeds beter met haar.

Er waren momenten dat ze nooit stikte en als dat gebeurde, beloonde hij haar goed.

Meester Robert verplaatste het halstertouw naar haar halsband en liet haar terugkeren naar het bed.

"Wil je dat ik een slaaf ben Susan?"

Ja, zijn antwoord was met een knikje.

"Heb je mij nodig, slaaf Susan?"

Ja, alweer.

"Laten! we eens kijken of dat het geval is?"

Robert bond het touw aan het hoofdeinde vast en maakte van het andere uiteinde een strop die hij over haar hoofd en rond haar keel schoof.

Toen begon hij aan de taak om de behoeften van zijn slaaf Susan te peilen.

Tussen haar benen gleed hij in positie om haar kloppende clitoris in zijn mond te nemen.

Hij zoog haar zachtjes, net zoals zij hem zuigt als ze hem zuigt.

De heupen van slaaf Susan begonnen te rollen en te stoten.

Omdat ze niet kon praten met de mondring, snakte ze alleen maar naar adem en kreunde.

Toen ze bijna klaar was, deinsde Hij achteruit, waardoor ze naar Hem toe moest glijden en haar nek strak aan het touw werd gespannen.

Meester Robert gaf haar een voortreffelijk gevoel.

Hij likte haar langzaam van haar billen tot aan haar klitje en trok vervolgens met zijn tong luie cirkels rond haar klitje.

Wat Hij haar aandeed was gekmakend en toch zo wonderbaarlijk, totdat Hij zich weer terugtrok.

Slaaf Susan gleed naar beneden om de druk te krijgen die ze nodig had van haar tong op haar clitoris.

Oh, als ze nu maar kon klaarkomen!

Nu het touw strak zat en er geen speling meer was, stond Meester Robert op en begroef zijn harde pik in het druipende kutje van slaaf Susan.

Hij duwde haar benen naar achteren en neukte haar diep, beukte tegen de plek die hem zoveel plezier gaf, beet op de tieten die van Hem waren en zoog steeds harder aan haar tepels, maar toen ze onder Hem begon te slaan en te kreunen, kwam hij terug zich terug te trekken en hem alleen zijn eikel te geven en niets anders.

"NEE!" zij dacht.

De blinddoek, de mondring, ze kon niet zien of praten om hem om genade te vragen of hem te vertellen wat ze nodig had, dus stak ze haar hielen in bed en dwong zichzelf verder het bed in richting Zijn pik waar ze zo van hield.

Ze kon nu niet ademen en door de spanning van het touw hing haar hoofd omhoog en opzij, maar ze moest wel.

Ze moest hem diep in haar voelen.

Het was zo dichtbij!

Ze kon nu niet meer stoppen.

Meester Robert glimlachte verrukt.

Ze zou krijgen wat ze zo hard nodig had, anders zou ze sterven, en dat was Hij.

Ze hield meer van hem dan van de lucht die ze inademde en dat was genoeg voor hem.

Toen ging hij helemaal bovenop haar liggen en begon diep en hard in haar te dringen, op haar schouders te zuigen en op haar kaak te bijten.

Toen hij voelde dat haar benen zich om hem heen sloegen en zijn lichaam begon te trillen, pakte hij het touw en trok ze allebei op het bed, zodat de lucht terugkeerde naar zijn open mond.

Het was meer dan hij kon verdragen om haar naar adem te zien snakken en huilen en haar kutje te zien samentrekken en samentrekken op zijn pik.

Hij sprong op en nam zijn pik in zijn hand.

Hij pompte het woest totdat hij uiteindelijk klaarkwam, waarbij hij barst na uitbarsting van sperma door de ring en in de mond van slaaf Susan schoot.

"O ja!" Ze dacht de eerste keer dat ze hem met haar tong proefde: "JA! Haar lichaam, dat nog niet volledig hersteld was van haar Meester, was nu weer vervuld van genot.

Keer op keer, als golven op de kust, kwam het voor Hem.

Hij was in alle opzichten haar zielsverwant, en samen bereikten ze hoogten van pure extase.

Meester Robert verwijderde de blinddoek en ging door met het pompen van zijn harde, stijve pik.

Terwijl Jennifer's ogen aan het licht gewend waren, kon ze zien hoe haar Meester haar mond vulde met Zijn sperma.

Vervolgens verwijderde hij de knevel en liet haar genieten van zijn geschenk terwijl hij doorging met het bevrijden van haar handen en het verwijderen van haar kousen, schoenen en ten slotte haar halsband.

Meester Robert nam haar in zijn armen en omhelsde haar stevig.

Hij fluisterde haar naam en vertelde haar dat zij van hem was en dat hij van haar hield zonder iets achter te houden.

Ze stond trillend in zijn armen en Hij trok haar nog dichter tegen zich aan, en verzekerde haar dat ze gekoesterd en beschermd werd.

Toen zijn vermoeide lichaam ophield met trillen, viel hij vredig in slaap in de zoete omhelzing van zijn Meester.

* * *

Ze werd wakker toen Hij haar oppakte en naar de badkuip droeg.

Hij liep met haar naar binnen en wiegde haar in zijn armen terwijl ze in het hete, stomende water zonken.

Het was prachtig en ze glimlachte toen ze zich herinnerde hoeveel ze zo lang van het handgemaakte bad hadden genoten.

Meester Robert baadde haar zo zachtjes alsof ze een pasgeboren baby was.

Hij waste haar haar en besteedde speciale aandacht aan haar gevoelige kutje en kont.

haar kont glijden, die hij als deeg kneedde .

Het slavenbad was een ritueel waar ze op aandrong, wat het voor haar veel betekenisvoller maakte.

Het was prachtig en ze was zo blij dat ze haar tranen niet kon bedwingen, terwijl Hij het verschil niet kon zien tussen tranen en waterdruppels.

Toen hij haar droogde en haar haar kamde, verwijderde hij de deken van het bed en kropen ze zonder een woord te zeggen tussen de koude lakens.

Er was niets te zeggen dat de lichamen niet al tegen elkaar hadden gezegd.

Net als haar nachtelijke routine las Robert haar voor terwijl ze met haar vingertoppen zijn lichaam volgde.

En met al verleende toestemming verzorgde ze hem totdat hij afdaalde in een wereld vol dromen die werkelijkheid werden.

LOONSVERHOGING

29

Anita klopte op de deur alsof ze hem niet wilde openbreken.

Dit sloeg nergens op, aangezien zij de enige persoon was die nog in de donutwinkel was achtergebleven.

Zij en de persoon aan de andere kant van de deur, tenminste.

'Kom binnen,' klonk de stem van die persoon.

Anita opende de deur, liep naar binnen en sloot hem achter zich.

De klik van het slot terwijl hij erop drukte met de deurknop leek oorverdovend in het stille kantoor.

Erik Galvez keek op van het papierwerk op zijn bureau.

Hij keek naar Anita, een knappe, donkerbruine Mexicaanse medewerkster die het schooluniform van de winkel droeg, een wit overhemd met knoopsluiting en een kort geruit rokje, en een zak donuts in haar handen had.

Ze had een onberispelijk lichaam en dik, gelaagd donkerbruin haar dat niet tot haar schouders reikte.

'Hoi Anita,' zei Eric.

De winkelmanager, getrouwd en twee kinderen, in de veertig, legde zijn pen neer en glimlachte.

'Hallo. Het spijt me als ik iets heb onderbroken,' zei ze verlegen.

'Natuurlijk niet,' verzekerde Eric hem. "Ga zitten".

Het kleine kantoor van de manager bestond uit een bank, twee stoelen, een bureau en archiefkasten.

Eric zag Anita naar hem toe lopen, haar rok heen en weer zwaaiend.

Ze ging op de stoel voor Erics bureau zitten, sloeg haar lange benen over elkaar en liet haar rok tot haar dijen komen.

Hij zette de tas naast haar op de grond.

"Wat is er aan de hand?" vroeg de manager.

Anita aarzelde, haalde diep adem en streek langzaam met de vingers van één hand over haar bovenbeen, van de onderkant van haar rok tot aan haar knie.

"Ik denk erover om uit de gehuurde kamer te verhuizen naar een appartement", zei hij.

Ze was een junior aan een plaatselijke universiteit en had verschillende banen op plaatsen waar de uren haar lessen niet hinderden.

'Cool,' zei Eric enthousiast en stopte toen. 'En je hebt meer geld nodig? Een loonsverhoging?'

Anita keek hem verlegen aan, voordat er een serieuzere blik op haar gezicht verscheen.

'Ik kan niet geloven hoeveel ze voor huur vragen. En de aanbetaling is...' begon hij te zeggen.

'Ik weet het,' onderbrak Eric

Hij keek haar even aan.

Ze had bijna een jaar voor hem gewerkt en vroeg nog een keer om loonsverhoging.

In dat geval had ze haar lichaam gebruikt om zijn beslissing te 'beïnvloeden'.

Sterker nog, hij had sindsdien nog een verzoek van haar gewild.

Eric keek naar de zak met donuts naast hem.

'Neem je wat donuts mee naar huis?' vroeg hij.

Anita's blik viel op de tas en weer op haar baas.

'Nee. Het is voor jou... voor ons,' antwoordde ze.

Eric had geen verdere uitleg nodig.

Hij had de vorige keer ook een tas meegenomen.

En deze keer wist hij wat hij moest doen.

Hij stond op en liep om het bureau heen, achter Anita's stoel aan.

Ze keek naar zijn atletische lichaam totdat hij achter haar verdween.

Een rilling liep vol verwachting over zijn rug.

'Dus je hebt een donut voor me meegebracht,' zei Eric zachtjes. "En je wilt het graag delen."

Anita knikte zwijgend.

Eric keek naar de jonge vrouw, met haar overhemd losgeknoopt aan de bovenkant en haar gebruinde benen die zich uitstrekten onder haar uitlopende rok.

Zijn handen pakten nerveus de uiteinden van de armen op de stoel vast.

Eric legde zijn hand op het haar van het meisje en streek met zijn vingers langs haar nek.

Ze voelde de warme huid onder de kraag van zijn overhemd en bewoog vervolgens haar hand naar de voorkant van zijn nek voordat ze naar de bovenste knoop ging.

In één behendige beweging maakte hij de knop los; gevolgd door de volgende.

De toppen van haar borsten kwamen in zicht, gehuld in een dunne blauwe beha.

Zijn vingers gleden over de zachte huid van haar linkerborst en keerden toen terug naar het volgende knopje.

Met beide handen omcirkelde hij haar nek en opende elke knoop totdat hij de bovenkant van haar rok bereikte.

Eric trok het shirt uit haar rok en opende de laatste knoop.

Anita's shirt ging net ver genoeg open zodat Eric het grootste deel van elke borst van bovenaf kon zien.

Hij zag ze stijgen en dalen terwijl ze naar adem snakte.

Een centrale haak tussen haar borsten hield haar beha bij elkaar.

Dit was geen toeval, dacht Eric bij zichzelf.

Hij bukte zich en maakte de beha los, zodat de twee helften vrij op de uiteinden van haar borsten konden rusten.

Anita bleef roerloos zitten, kijkend naar Eric's handen of recht voor zich uit.

Ze wist dat de dingen snel zouden veranderen.

Eric plaatste zijn handen op de bovenkant van haar borsten en liet ze vallen totdat zijn vingers haar beha verwijderden.

Hij nam haar blote bruine borsten in zijn handen en hield ze een ogenblik zachtjes vast.

Ten slotte stopte ze Anita's tepels tussen haar duimen en wijsvingers en kneep er zachtjes in.

De jonge vrouw zuchtte hoorbaar.

Eric voelde zijn pik verharden binnen de grenzen van zijn broek terwijl hij de tepels manipuleerde.

Ze werden hard onder haar aanraking en Anita voelde een opgewonden steek door haar maag naar haar kutje trekken.

Eric sloeg zijn handen om haar borsten, maar kon ze nauwelijks in zijn greep vullen.

Hij pakte ze op en zag ze in zijn handpalmen nestelen.

Hij liep om de stoel heen, ging tussen het bureau en Anita staan en keek haar even aan.

'Sta op en trek je shirt uit,' zei hij met kalme stem.

Anita deed haar benen over elkaar en ging een paar centimeter van haar baas staan.

Hij tilde het shirt over zijn schouders en liet het op de stoel vallen.

Zonder te stoppen deed ze hetzelfde met haar beha.

Eric legde zijn handen op de buitenkant van Anita's dijen en hief zijn handen op tot ze onder haar rokje verdwenen.

Anita voelde haar handen over de buitenkant van haar slipje en over haar kont gaan.

Toen verplaatste Eric zijn handen naar haar middel en pakte de riem van haar slipje vast.

Langzaam liet hij ze zakken, knielend terwijl ze over zijn knieën en over zijn voeten gingen.

Hij plaatste het zwarte slipje op de stoel en trok haar schoenen uit.

Nadat ze was opgestaan, keek ze naar haar rok en zei:

"Doe het af."

Anita ritste de rok open, liet hem op de grond vallen, stapte eruit en schopte hem opzij.

Eric bewonderde haar smalle taille, volle heupen en dijen,

lange benen en kleine voeten.

Zijn ogen keerden terug naar haar kutje en de kleine, dunne lok donker haar boven haar clitoris.

Anita voelde zich op dat moment buitengewoon sexy en de vochtigheid tussen haar benen nam met de seconde toe.

Ze wilde de man naakt voor haar hebben en ze wist dat dit onvermijdelijk was.

'Trek mijn kleren uit,' zei hij tegen haar.

Hij moest zijn bewegingen opzettelijk vertragen om zijn verlangen niet te onthullen.

Anita trok echter al snel het shirt van Eric over zijn hoofd, waardoor een goed gebouwd, zo niet overdreven gespierd bovenlichaam zichtbaar werd.

Ze keek naar beneden en maakte haar riem los, waarbij Eric's ogen afwisselend tussen haar borsten en handen gingen.

Ze knoopte zijn broek los en trok hem naar beneden totdat hij vanzelf over zijn kuiten viel.

Anita knielde neer en trok zijn schoenen en sokken uit, waarna hij zijn broek uittrok en opzij gooide.

Hij keek vooruit naar de groeiende bobbel in zijn boxershort, pakte de tailleband vast en trok hem naar beneden.

Eric's enorme pik stond slechts half rechtop, maar Anita voelde een golf van opwinding over haar heen stromen toen ze zijn boxershort uittrok.

Ze stond op en keek haar baas aan.

Tot Anita's opluchting maakte hij de eerste stap door haar te omhelzen en naar zich toe te trekken.

Hij kuste haar hartstochtelijk, drukte zijn pik tegen haar lichaam en bewoog zijn handen naar haar kont.

Eric kneep in haar zachte wangen terwijl hun tongen elkaar tussen hun lippen ontmoetten.

Anita voelde haar kutje tegen haar lichaam schuren, niet zeker of ze meer vastbesloten was om zichzelf te bevredigen of Eric.

Hun kus ging door terwijl ze een hand om zijn pik sloeg en hem voelde kloppen.

De pik begon naar boven te wijzen en het meisje bewoog haar hand herhaaldelijk op en neer langs het lid.

Toen de kus voorbij was, keek Eric naar Anita en zei:

" Mijn vrouw doet mij dat niet aan. Jij doet het geweldig."

"Bedankt, ik ben blij dat je het leuk vindt," glimlachte hij.

'Ik heb honger,' zei Eric.

"Ik ook".

Ze liepen richting de bank.

Eric pakte onderweg de zak met donuts.

Hij vond tijd om Anita's kleine, ronde billen te zien stuiteren met zijn stappen voordat hij op de bank ging liggen, met zijn hoofd op een klein kussen aan de ene kant.

Eric stak zijn hand in de tas en haalde er een donut en een klein plastic mes uit.

"Ah, gevuld met vanillecrème. 'Mijn favorieten,' zei hij. "Wil je delen?"

'Ik zou het graag willen,' antwoordde Anita.

Eric knielde neer, plaatste de met chocolade bedekte donut op de platte buik van het meisje en sneed hem voorzichtig doormidden met het mes.

Er liep een rilling door Anita's lichaam toen het mes nauwelijks langs haar huid streek.

Eric zag haar ineenkrimpen toen het lemmet van het mes weer uit de dikke donut tevoorschijn kwam en plaatste toen het mes en de helft van de donut op de zak op de grond.

Hij tilde de donut van haar buik en draaide het met room gevulde midden naar haar toe.

Methodisch liet hij hem zakken totdat de tepel van haar rechterborst zich direct onder de crème bevond.

Met een lange, zachte strijkbeweging bracht hij een laagje vanillecrème over het uiteinde van haar borst.

Anita sloot haar ogen terwijl de koude vulling haar tepel en omringende huid bedekte en golven door haar lichaam naar haar buik en kutje stuurde.

Eric bewoog de donut iets opzij en herhaalde het proces, waarbij hij een tweede lint crème naast het eerste toevoegde.

Ten slotte draaide ze de donut om en wreef het chocoladelaagje over het puntje van haar stijve tepel.

Eric deed de donut in de tas en keek Anita aan.

Ze keek aandachtig toe, anticipeerde op zijn volgende zet en smeekte hem stilletjes haar te verslinden.

Eric bewoog zijn hoofd op haar borst en streek met zijn tong over haar tepel, terwijl hij de zoete chocolade proefde.

Anita kreunde bijna hardop, maar hield zich in en keek toe hoe de tong van haar baas zich langer maakte tot een paar centimeter boven en onder haar tepel.

Hij slikte één keer voordat hij terugkeerde naar de borst, deze keer deed hij zijn mond wijd open en nam zoveel mogelijk van de ronde, volle borst van het meisje in zich op.

Zijn tong schraapte verschillende keren over de tepel voordat zijn lippen zich om het roze vlees sloten en erop zogen.

Deze keer kon Anita zichzelf niet inhouden.

'O God,' fluisterde hij.

Eric hief zijn hoofd op en likte de crème van zijn lippen.

Toen zijn mond weer op Anita's borst landde, duwde zijn hand de borst omhoog en likte hij hongerig de rest van de vanillecrème van haar huid.

Het kwam altijd terug naar de tepel.

Anita boog haar rug en duwde haar borst hoger.

Ze voelde de vochtigheid tussen haar benen toenemen met elke beweging van zijn tong over haar tepel en ze was er zeker van dat hij haar zou kunnen laten klaarkomen als hij haar zo hield.

Ze pakte opnieuw de donut en spreidde deze keer de witte vulling en chocolade verder over haar linkerborst.

De crème bedekte bijna tweederde van zijn borst, waardoor Eric een bijna holle halve donut in zijn hand achterliet.

Nadat hij de donut weer in de zak had gedaan, leunde hij over Anita's lichaam heen en begon haar borst nauwgezet, lik voor lik, bloot te leggen.

Het meisje bracht haar hand naar de kruin van Eric's hoofd en drukte die harder tegen zijn borst.

Ondertussen bewoog zijn hand van haar heup naar tussen haar benen, terwijl hij even de clitoris streelde die verborgen zat onder een lok keurig geknipt donkerbruin haar.

'O Jezus,' zei hij zacht. "Dat voelt zo goed."

Met slechts een kleine hoeveelheid vanillecrème op zijn borst klom Eric op de bank en plaatste zijn benen tussen de zijne.

Zijn pik stond nu volledig rechtop en wees in een scherpe hoek naar boven.

Hij leunde naar voren en plaatste zijn pik op haar met crème bedekte borst, terwijl hij hem heen en weer bewoog totdat hij een klein laagje van de witte vulling had.

Anita gebruikte haar hand om de pik naar de gebieden met de meeste crème te leiden.

Al snel was het wit van de roze kop tot de basis.

Anita keek toe terwijl Eric naar voren gleed en zijn pik naar haar lippen bracht.

Gretig opende hij zijn mond en nam het geschenk aan.

De zoete smaak van de crème deed haar bijna de liefde vergeten die ze voelde voor de smaak van een hete, harde lul.

Zijn tong werkte langs alle kanten van het lid terwijl Eric hem in en uit zijn mond liet glijden, waardoor hij kreunde van plezier.

"Uhmmm , Anita. Zuig me, lik me zo,' zei Eric. 'Ja, ja. Zo.'

Het duurde een paar minuten voordat het meisje de laatste crème uit zijn pik kreeg; zuigen, likken en slikken zo snel als ze kon.

Toen hij klaar was, was Eric moeilijker dan voorheen en was hij dicht bij de climax.

"Neuk me, Eric," riep Anita luid uit. 'Ik wil dat je in mij zit. Alsjeblieft.'

Toen haar baas van de bank afkwam, spreidde Anita haar benen en trok haar knieën op.

Toen hij zijn pik bij de ingang van haar kutje had, was haar hand klaar om hem naar haar toe te leiden.

Zelfs zij was verrast hoe klaar ze voor hem was.

Zodra de kop van de gezwollen penis de opening vond, kon Eric zichzelf laten zakken totdat hun dijen elkaar in een zachte klap ontmoetten.

"God ja. 'Neuk mij,' zei Anita.

Eric voldeed snel aan haar eisen.

Hij tilde haar bij de kont op en begon zijn pik in en uit te glijden, waarbij hij af en toe voelde hoe ze haar vagina samentrok.

Anita tilde haar benen op en sloeg ze voorzichtig om Eric's middel, zodat hij haar nog hoger kon tillen.

Anita's borsten zwaaiden ritmisch.

Hij kneep af en toe in haar tepels en stuurde wat voelde als elektrische stroom rechtstreeks naar haar kutje.

Ondertussen herpositioneerde Eric zichzelf zodat een vrije hand haar clitoris kon masseren.

Hij vond de gezwollen bult gemakkelijk en wreef erover.

Het hoofd van het meisje begon heen en weer te zwaaien en mompelde:

"Neuken. Shit. Ja daar. Daar!"

Eric wreef hem harder en voelde zijn lichaam gespannen.

Haar benen omhelsden hem stevig en ze schreeuwde: 'Ahhhh. Oh God. Nu."

Haar orgasme begon met een nieuwe gedempte kreun en haar heupen rukten omhoog om zijn neerwaartse stoten te ontmoeten.

Minstens dertig seconden lang kwam Eric haar keer op keer binnen, terwijl ze kreunde en schreeuwde dat hij haar moest neuken.

Eric wilde dat het gevoel van haar strakke kutje rond zijn pik en haar lichaam dat onder hem kronkelde eeuwig zou duren.

Hij hield haar kont vast terwijl ze langzaam op de bank ging zitten.

Nu hij zich op zijn eigen lichaam kon concentreren, voelde Eric de eerste golf sperma uit zijn ballen opstijgen.

Anita voelde het naderende orgasme in hem en spoorde hem aan om door te gaan.

"Dat is het. Kom op, kom in mijn poesje."

Eric's pik explodeerde in een stroom sperma die Anita haar ingewanden voelde vullen.

De warme vloeistof schoot in verschillende stromen naar buiten, elk vergezeld van een luid gekreun.

Eric pakte Anita bij de onderkant van haar schouders en drukte haar lichaam tegen het zijne.

Toen hij op het punt stond klaar te komen en stil stond met zijn pik diep in haar, kneep Anita hard in haar kutje.

"Ahhh, verdomme. 'Stop,' mompelde Eric, bijna buiten adem en half lachend.

Hij schudde zichzelf nog een laatste keer en viel van haar af, slap en totaal uitgeput.

Hij lag in haar armen, zijn hoofd op haar borst en haar benen nog steeds om zijn middel gewikkeld.

'Je hoeft er alleen maar om te vragen wanneer je maar wilt,' zei Eric zachtjes, terwijl zijn vinger de omtrek van haar tepel volgde.

'Ik had vandaag gewoon honger,' zei ze.

ONVERWACHTE SITUATIE

41

HOOFDSTUK I

'Ik wacht op je in de kamer, draag iets onthullends,' had John tegen haar gezegd.

Ze behandelden hem als een afhaalmaaltijd, dacht Gina terwijl ze het gesprek beëindigde.

En zo voelde ze zich nu, terwijl ze haar make-up aanbracht in de make-upspiegel: schaduwrijke ogen , hartvormige rode lippen en net genoeg make-up op haar gezicht om haar er niet uit te laten zien als een figuur uit een wassenbeeldenmuseum.

Wil je nog iets anders in je bestelling, lieverd?

Tevreden met haar werk liep ze blootsvoets over het slaapkamertapijt, alleen haar beha en slipje aan, en opende de kast.

Van een plank boven waar zijn kleren lagen, haalde hij een doosje met geld tevoorschijn en bracht het naar bed.

Toen ze het opende, vielen er vele tientjes en twintigtjes op de zijden lakens.

Gina telde er vier van de twintig en stopte de rest in de doos.

Ze zette de doos terug in de kast, stopte het geld in haar tas en begon zich aan te kleden.

John woonde aan de andere kant van de stad, in een luxueus herenhuis met vijf slaapkamers, vlakbij het kanaal.

Het zou tien minuten duren om er te rijden, afhankelijk van het verkeer in de middag.

Hij was een relatief nieuwe cliënt van haar die ze tot nu toe zes keer had bediend.

Ze haatte hem.

Hij was arrogant, onbeschoft en volledig pervers.

Hij was van Italiaanse afkomst: olijfkleurige huidskleur, een grote neus en dik zwart haar helemaal over hem heen.

John hield van eten en Gina vond dat hij eruitzag als een kruising tussen een gangster uit de jaren veertig en een hangbuikzwijn.

Hij had opgeschept over de banden die hij had met de criminele onderwereld, maar Gina wist niet zeker hoeveel van wat hij zei waar was.

Ze dacht dat hij alleen maar indruk op haar probeerde te maken.

Ze kon niet begrijpen waarom mannen dit aantrekkelijk vonden voor meisjes.

Gina had een hekel aan geweld en zette een film uit bij het eerste teken van bloed of geweld.

Maar John zat beslist in een of andere onbetrouwbare zaak.

Ze had wapens in zijn huis gezien.

Hij had tijdens hun seksuele relatie verhitte telefoontjes gehoord die John weigerde te negeren.

Over geld en drugs gesproken.

Ze vond mannen als John hatelijk: hebzuchtig, egoïstisch, oneerlijk en corrupt.

Ze had het geld echter te hard nodig.

Gina's leven was vol schulden.

Een geesteswetenschappelijke opleiding, de mini Fiat waarmee ze elke dag naar haar secretaressebaan reed, kleding shoppen, vakanties op Ibiza en een lening die ze had afgesloten om haar appartement in te richten.

Ze zwom in de schulden, maar kredietmaatschappijen hadden haar nooit schulden ontzegd.

En daarom werkte ze het afgelopen jaar als privé-escorte.

Privé was het sleutelwoord.

Ze had geen online advertenties, te bang dat haar familie of vrienden haar smerige geheim zouden ontdekken.

Als dat niet het geval was, was ze afhankelijk van mond-tot-mondreclame en haar vaste klanten, jongens als John.

De eerste man die haar betaalde om seks met haar te hebben, heette Peter.

Ze ontmoette hem op een datingsite na haar breuk met Adams, maar wist meteen dat hij niet voor haar was.

Het lag niet aan het feit dat hij in de veertig was en vijftien jaar ouder dan zij.

Dat was in feite de reden dat ze hem überhaupt had ontmoet, omdat ze dacht dat een oudere man haar kon geven wat Adams, een vierentwintigjarige, niet kon.

Betrokkenheid, veiligheid, nieuwe seksuele ervaringen misschien.

Ze voelde simpelweg geen enkele band met Peter, en dat wist ze binnen een uur na hun eerste date, een etentje voor twee in een Indiaas restaurant in het leukste deel van de stad.

Ze nam afscheid en bedankte hem voor een heerlijke maaltijd, in de veronderstelling dat dit de laatste keer zou zijn dat ze hem zou zien.

Maar Peter was meer in haar geïnteresseerd dan hij aanvankelijk had gedacht.

Twee dagen later nam hij contact met haar op met het aanbod haar te betalen voor seks.

Gina was aanvankelijk verrast en zelfs beledigd.

Met haar diepbruine, geverfde blonde haar en voorliefde voor onthullende kleding wist ze dat ze een zekere aantrekkelijke indruk maakte.

Maar dat zou haar nog geen slet maken, of iemand die haar benen zou spreiden bij de eerste tekenen van financiële problemen.

Ze had zeker meisjes ontmoet die dat wel zouden doen.

Maar Peter leek zo'n aardige vent, en hoe meer Gina over haar schulden nadacht, ze begon zich af te vragen wat voor schade het had om het aanbod te accepteren. Er zou wederzijds voordeel zijn.

Peter zou haar bezitten en zij zou het geld krijgen dat ze zo hard nodig had.

Als niemand gewond raakt, wat was dan het probleem?

Gina was echter naïef.

Ze had nooit verwacht hoe verslavend betaalde seks zou kunnen zijn, noch hoe ellendig en goedkoop ze zich daardoor zou voelen.

Tot overmaat van ramp was Peter niet de heer die ze aanvankelijk had gedacht dat hij was.

Het nieuws verspreidde zich al snel dat ze goed was in haar diensten en dit kon alleen zijn omdat hij het rechtstreeks verspreidde.

Allerlei aanbiedingen, via de datingsite waar ze Peter had ontmoet, vulden haar mailbox.

Ik kon niet geloven hoeveel oudere mannen er waren die jongere vrouwen zochten voor seks, en hoeveel er bereid waren ervoor te betalen.

Het was erg lucratief voor haar geweest en ze ontdekte al snel dat ze meer geld kon verdienen als ze bereid was haar grenzen wat verder te verleggen.

Mannen betaalden meer voor zaken als anaal, dominantie, golden showers en verschillende soorten rollenspellen.

Gina had geïnvesteerd in schoolmeisjesuniformen, sexy lingerie en zwepen. Ze had alles gegeten wat ze voorstelden, en allerlei voorwerpen in haar gestopt, en zelfs gedaan alsof ze een vijftigjarige man, gekleed in een luier, borstvoeding gaf.

Natuurlijk had John met zijn geld genoten van alle beschikbare voorzieningen.

Van eersteklas prostituees tot pornosterren en zelfs pagina drie-modellen.

Het was een obsessie die grensde aan verslaving.

Het leek erop dat alle jonge en mooie meisjes bereid waren hun bezittingen te verkopen nu ze nog begeerlijk waren.

Het was tragisch.

Het was dus geen verrassing dat John, nadat hij erachter kwam van een vriend, contact opnam met Gina.

En vanavond zou hun vijfde keer samen zijn.

Gina keek op haar horloge en streek haar kleren recht in de gangspiegel. 'Over een jaar is het allemaal voorbij, meisje,' hield ze zichzelf voor.

'Je kunt het.'

Toen pakte hij zijn sleutels en liep de deur uit.

HOOFDSTUK II

Tien minuten later stopte hij op Midesting Road.

Het was iets na half elf en in een van de andere huizen was een zwembadfeest in volle gang.

Hij reed door de smeedijzeren hekken van Johns huis en parkeerde de Fiat op de oprit.

De maan scheen op het dak van Johns zilveren Mercedes toen ze het geluid hoorde van haar hakken die over het grind knarsten en naar de zijkant van het huis liep.

John had hem gezegd via de achteringang naar binnen te gaan.

Vanavond gaan ze een rollenspel spelen.

Hij gaat in bed liggen en zij komt als een dief binnenlopen en hem verrassen.

John hield ervan om dingen door elkaar te halen.

Ze had nog nooit een man ontmoet die zo seksueel fantasierijk was.

Hij bleef halverwege de zijkant van het huis staan en keek de steeg in en uit.

Ze wist zeker dat niemand haar daar zou zien, maar ze wilde het toch even zeker weten.

Ze trok haar slipje naar beneden, schoof het over haar hielen en trok haar rok recht.

Ze stopte het slipje in haar tas.

Rood kant, John's favoriet.

Toen wankelde ze op haar hielen het pad af en opende de deur naar de achtertuin.

Een metalen vuilnisbak kletterde toen ze er per ongeluk met de punt van haar scherpe hak tegenaan schopte.

'Dom!' Ze waarschuwde zichzelf.

Het keukenlicht brandde en de patiodeur die erheen leidde, stond op een kier.

John moet het voor haar open hebben gelaten.

Gina streek haar haar naar achteren, vervolgde haar sensuele wandeling en ging het huis binnen.

Hij rook een brandende geur toen hij de keuken binnenkwam en de deur sloot.

Het was waarschijnlijk een van de sigaren die John graag rookte.

Hij was zo'n rokende gangster .

Het huis was stil.

John moest in bed op haar wachten, zoals hij haar had verteld.

Gina liep door de zorgvuldig ingerichte eetkamer, met alle moderne en houten meubels in een dieprode tint, de gang in.

Ze keek de wenteltrap op.

'John,' zei hij spottend. 'Ben je er klaar voor of niet?'

Haar hakken klikten op de gepolijste treden terwijl ze de trap opliep.

Toen ze de gang in liep, zag ze de slaapkamerdeur van John openstaan.

Het licht brandde, maar maakte nog steeds geen geluid.

Toen hoorde hij een knal.

'John?'

De dikke klootzak zat waarschijnlijk op zijn troon in de badkamer.

Gina streek haar haar glad, liet haar halslijn zakken en ging de kamer binnen.

Alles leek op dat moment stil te staan.

Gina's hele lichaam bevroor.

John lag op het bed, helemaal naakt en starend naar het plafond, met een plas bloed die de lakens om hem heen doorweekte en zijn keel doorgesneden.

Gina slaakte een schreeuw.

Een donkere figuur kwam achter de deur vandaan en pakte haar vast, sloeg een arm om haar nek en legde zijn hand op haar mond .

'Maak geen geluid, anders onderbreek ik de jouwe ook,' zei hij.

Gina voelde de koude, scherpe punt van een mes in haar nek.

'Wie ben je?' kreunde ze.

'Iemand die je niet zou willen neuken'

De man kneep harder in haar nek met zijn gespierde onderarm.

'Wat doe je hier?'

'Ik kwam John opzoeken.'

'Zodat?'

'Hij heeft mij gevraagd het te doen.'

'Omdat?' vroeg de man.

'Gewoon om het te zien.'

Hij verpletterde Gina's luchtpijp met zijn arm, waardoor ze stikte.

'Omdat?' roepen.

'Om seks te hebben,' wist Gina te stamelen.

Ze begon te hoesten toen de man de druk rond haar nek verlichtte.

'Ben je een prostituee?' hij zei.

'Nee!'

'Dus?'

'Een metgezel'.

'Het is hetzelfde,' zei de man.

Gina zei niets, te bang dat de man haar nek zou breken of haar zou neersteken als ze hem kruiste.

'Het lijkt erop dat we een probleem hebben', zei hij.

Hij draaide zich om naar het levenloze lichaam van John, terwijl hij Gina stevig tussen zijn arm en borst hield.

Gina had het gevoel dat ze ziek zou worden als ze zoveel bloed zag.

'Nu ben je getuige van een moord.'

'Alsjeblieft,' smeekte Gina.

'Ik vertel het niemand. Laat me gewoon gaan.'

HOOFDSTUK III

Er klonk een sinistere lach uit de man.

'Je begrijpt toch wel dat het niet zo eenvoudig zal zijn.'

De angst schoot door Gina's lichaam.

Hij voelde hoe warme urine langs de binnenkant van zijn benen begon te druppelen.

Ze wilde niet sterven vanavond.

De man pakte haar arm met zijn in leer gehandschoende hand en leidde haar naar de badkamer.

Hij sloot de deur achter hen en draaide zich om om haar aan te kijken.

Gina deinsde achteruit in een hoek toen ze zijn gezicht zag.

Ze had niet verwacht dat het een van de mooiste gezichten zou zijn die ze ooit had gezien, maar het diepe litteken dat langs de zijkant van zijn wang liep, verraste haar het meest.

En zijn lichaam leek gemaakt om te doden, met de schouders van een bokskampioen en dat kon een nek doormidden breken.

Hij was een monster.

Hij bekeek haar van top tot teen met harde blauwe ogen.

'Wie weet dat je hier bent?'

'Niemand! Kun je me alsjeblieft laten gaan en ontsnappen? Ik verzeker u dat ik het de politie niet zal vertellen.'

Hij naderde haar met langzame, roofzuchtige stappen.

'Daar is het te laat voor. Je hebt mijn gezicht al gezien.'

'Ik beloof dat ik het niet zal vertellen. Alsjeblieft, ik geef niet om jou of John, ik wil gewoon naar huis. Ik wil niet dood.' Gina barstte in tranen uit.

De man legde een gehandschoende hand op haar blote schouder en kwam dreigend op haar gezicht af.

Gina voelde de warme lucht uit haar neus langs haar wangen strijken.

'Daar, daar, daar,' spinde hij. 'Waarom dit mooie gezicht verpesten?'

Ze streek met een lange vinger over Gina's betraande wang.

Gina's hele lichaam veranderde in ijs toen ze zijn aanraking voelde.

Er was iets uiterst tegenstrijdigs aan de aantrekkingskracht die ze voelde voor het lichaam van deze man en de angst die ze voelde als ze tegen de muur werd gedrukt door iemand waarvan ze wist dat die haar gemakkelijk zou kunnen doden.

Hij boog zich dichterbij en streek met zijn ruwe tong over haar gezicht, waardoor ze een rilling over haar huid voelde lopen.

Ze had niet verwacht wat er daarna zou gebeuren.

De gehandschoende hand van de man gleed onder haar rok, terwijl zijn lange vingers haar blootliggende lippen betasten.

'Stout meisje,' zei hij bij zijn onverwachte ontdekking.

'Alsjeblieft... oh'

De man had zijn handschoen uitgetrokken en er zat nu een lange, vlezige vinger in haar.

Ze vond Gina's klitje soepel en masseerde het, waardoor er een hitte ontstond die zich in haar begon te verspreiden.

Tegelijkertijd streek ze met haar tong langs de stevige contouren van Gina's nek.

Gina draaide zich om en zag haar spiegelbeeld in de spiegel boven de gootsteen.

En hij zag ook dit grote, vreemde beest als een vampier in zijn nek zinken, terwijl het lemmet van het mes in zijn vrije hand als een waarschuwing in het halogeenlicht flitste.

Ze durfde zich niet te bewegen uit angst dat hij zijn scherpe punt tegen haar zou gebruiken.

De man trok zich terug en liet zijn blik over haar lichaam glijden.

Er was een diepe opwinding in hen alsof hij haar naakte lichaam door haar kleren heen kon zien.

Hij schoof haar tas van haar schouder en liet hem op de grond vallen, terwijl een tube lippenstift en een rood slipje op de tegels terechtkwamen.

Hij pakte een van haar borsten door haar nauwsluitende vest heen en kneep er zachtjes in, en streek toen met zijn vinger over haar tepel toen deze in de houding stond.

Ze was stopverf in zijn handen.

'Wat ga je met mij doen?' zij vroeg.

'Aangezien we alleen zijn en de plek speciaal voor ons klaar is, ga ik je geven wat die kerel daar je nooit zal hebben gegeven.'

O god, dacht Gina. Niet dat.

De man voelde haar angst en glimlachte.

'Maak je geen zorgen. Als je mij eenmaal in je poesje ervaart, zul je blij zijn dat de ander dood is.

De man had gelijk dat ze alleen waren.

Zonder buren in de buurt zou elke hulpkreet vruchteloos zijn.

Als ze ermee instemde en deed wat de man zei, kon ze het huis levend verlaten.

Welke andere keus had ze, nu alle andere kansen zich tegen haar keerden, dan de beste RPG van haar leven te spelen?

Dus nam hij een besluit.

Ze zou de beste prestatie van haar leven geven.

En als hij faalde, had ze een reserveplan.

'Doe dat uit,' gromde de man, terwijl hij zijn hoofd naar zijn vest wees.

Gina deed wat hij zei.

Toen het vest over haar hoofd gleed, schudde ze haar haar en staarde naar zijn lichaam.

' Ik wil dat jij ook naakt gaat,' zei hij.

De man liet een spottende lach horen.

'Je gaat mij niet vertellen wat ik moet doen. En ik ben niet zo dom als je lijkt te denken. Trek het naar beneden.' Hij knikte naar Gina's rok.

Ze knoopte haar rok los, liet hem langs haar benen vallen en schopte hem vervolgens met haar hak naar hem toe.

Ze stond daar voor hem op hakken en een beha, met geschoren schaamlippen blootgesteld aan de koele lucht van de badkamer.

Ze keek met haar met mascara omrande blauwe ogen naar de doordringende blik van haar ontvoerder.

' Wat lief en mooi,' zei hij, terwijl hij lucht door zijn neusgaten naar binnen zoog. 'Keer om.'

Gina draaide zich om en keek naar de betegelde muur.

Door de weerspiegeling van de spiegel keek ze toe hoe de man zich voorover boog en haar kruis streelde terwijl hij haar achterste bestudeerde.

De grote bobbel die ze in zijn broek zag uitsteken, liet haar weten dat hij goed bedeeld was.

Hij liet haar naar voren leunen, pakte haar heupen vast en bracht zijn kruis naar haar toe.

De harde, dikke bobbel zat nu in de spleet van haar billen gedrukt.

Zijn blote hand raakte haar kont aan en duwde haar naar voren, het mes nog steeds stevig in de andere.

Gina keek toe terwijl hij hem op het aanrecht naast de gootsteen plaatste en zijn broek begon los te knopen.

Ze keek naar het mes en vocht tegen de drang om het te grijpen.

Maar ze wist dat ze niet zo stom kon zijn; Met zijn formaat zou de man zijn kleine lichaam van anderhalve meter binnen enkele seconden overweldigen. Toch was het verleidelijk...heel verleidelijk.

Zijn zwarte broek viel op de grond en onthulde een zwarte boxershort over enorme, gespierde dijen.

Zijn erectie steeg naar zijn zoom, gezwollen en enorm.

Gina slikte de zucht in die bijna uit haar mond ontsnapte.

Hoe kon ik dat allemaal inpassen?

De grote lul spande zich tegen de strakke stof van zijn boxershort en wilde er graag uit.

Toen de man ze naar beneden trok, viel het grote paarse hoofd op Gina's wangen.

Het dikke en zeer geaderde lid was minstens twintig centimeter lang.

De moordenaar was een seksuele Adonis.

Hij pakte haar heup vast met zijn nog steeds gehandschoende hand en nam zijn pik in de andere en leidde hem naar Gina's schaamlippen.

Toen ze de warme, zachte pik tussen haar lippen voelde, snakte Gina naar adem.

En toen hij hem erin stopte, knikten zijn knieën bijna.

De penis kwam op grote diepte binnen en klopte van opwinding in haar hete, natte vagina.

Hij raakte een gebied in Gina dat nog nooit eerder was gepenetreerd, en haar verraderlijke clitoris begon te pompen van opwinding, waarbij vocht zich ophoopte op haar lippen en muren om deze opwindende nieuwkomer tegemoet te komen.

De man begon te stoten, waarbij zijn sterke heupen de hardheid van Gina's binnenmuren met een buitengewone snelheid konden forceren.

Het voelde ongelooflijk.

Ze greep de rand van het aanrecht vast terwijl hij doorging met het penetreren van haar natte schaamlippen, terwijl zijn ballen tegen haar aan sloegen.

Hij trok de andere handschoen uit en gleed met zijn grote, verrassend zachte handen langs haar ruggengraat en opende haar beha.

Het viel op de tegelvloer en liet haar borsten los.

Nu had ze alleen haar hakken aan toen het enorme beest haar van achteren sloeg.

Gina voelde hoe hij zich terugtrok en haar kutje voelde een moment van opluchting.

Maar het duurde niet lang voordat zijn penis weer in haar zat, maar deze keer richting haar kont.

De enorme pik van de moordenaar drong door de strakke plooien van Gina's anus en veroorzaakte een scherpe pijn door haar heen.

Een ogenblik dacht hij dat hij de pijn niet zou kunnen verdragen. Zijn spieren spanden zich samen om dit vreemde voorwerp te verdrijven, maar toen ontspanden ze zich toen de pijn in plezier begon te veranderen.

Gina had eerder anale seks gehad, maar niet met een fallus zo groot als deze.

Het plezier dat haar nu vervulde was anders dan alles wat ze ooit eerder had gevoeld.

Ze moest zichzelf eraan herinneren waar ze was.

Bij John thuis wordt hij geneukt door een man die hem net had vermoord.

John's dode en toch al enigszins koude lijk lag een paar meter verderop in de andere kamer als een vreselijke beeltenis van zijn vroegere zelf.

Gina wist dat ze dat beeld nooit uit haar geheugen zou kunnen wissen, hoezeer ze hem ook had veracht.

En het zou de haat die ze jegens hem voelde uitwissen als hij daarmee levend terug kon komen en haar nu kon helpen.

Maar er is iets vreemds aan wat er gebeurt als je wordt geconfronteerd met een doodsbedreiging, en Gina ervoer dit voor het eerst in deze badkamer waar ze nu gevangen werd gehouden.

Een instinct neemt de controle over, zo primair dat het niet langer aanvoelt als een dierlijk instinct.

En je weet dat je alles zult doen om te overleven.

HOOFDSTUK IV

De man beukte met woedende stoten op haar kont, het speeksel stroomde uit zijn mond en zijn knappe gezicht werd rood en opgewonden.

De lage keelgeluiden die hij maakte waarschuwden Gina dat hij op het punt stond klaar te komen.

Ze hield de rand van het aanrecht stevig vast.

De toppen van zijn vingers werden wit terwijl hij zich vasthield.

'Fuck,' kreunde de man.

' Ik ga klaarkomen.'

En dat deed hij, en een zware zucht verliet zijn mond, hij sloot zijn ogen en boog zijn hoofd achterover...

En Gina greep haar kans.

Hij liet het aanrecht los en pakte het mes.

Met een blinde, krachtige zwaai van zijn arm stak hij die in de nek van zijn misbruiker.

Ze sprong en drukte haar rug tegen de muur, de tegels koud tegen haar bezwete rug.

Met grote ogen van angst en zorgen zag Gina dat de man in een statische houding stond en stikte terwijl zijn grote ogen naar haar keken.

Het mes stak uit zijn dikke, glanzende nek en donkerrood bloed sijpelde langs de kraag van zijn zwarte jas.

Zijn pik stond nog steeds rechtop en er hing een glimmend spoor van sperma aan de punt.

Haar verdwaasde ogen bleven op die van Gina gericht terwijl haar mond openging en het bloed over haar onderlip stroomde.

Hij slaagde erin het woord 'Bitch' uit te gorgelen voordat hij achterover viel en tegen de deur botste.

Gina keek hem even aan, terwijl haar borst op en neer ging, voordat ze een krankzinnige lach uitte. Zijn plan had gewerkt.

Eerste keer. Ze had hem in de spiegel zijn ogen zien sluiten terwijl hij ejaculeerde, dus genoot ze van het feit dat ze de aanval veel gemakkelijker had gemaakt.

Ze pakte haar kleren en kleedde zich snel aan, deze keer trok ze haar slipje weer aan.

Ze pakte haar tas en schopte haar aanvaller met de scherpe punt van haar hiel. Toen spuugde ze in zijn gezicht.

'Dat is omdat je mij een hoer noemt, klootzak!'

Hij duwde zijn lichaam naar achteren zodat hij de deur kon openen.

De achterkant van zijn schedel raakte met een plof het tapijt toen hij de deur opendeed.

Ze liep op haar tenen over het met bloed doordrenkte lichaam heen en ging de slaapkamer binnen.

Ze keek naar Johns lichaam op het bed.

Bloed op de vloer.

Bloed in bed.

De dood overal waar hij keek.

Het was te veel.

Gina rende de kamer uit en de wenteltrap af, zo snel als haar hielen haar konden dragen, terwijl in haar kielzog karmozijnrode driehoeken de vloer bevlekten.

Onder aan de trap bleef ze staan, veegde haar tranen weg en beheerste haar gedachten.

Deze levensstijl had alles voor haar verpest.

Het had haar ellendig en cynisch tegenover mannen gemaakt.

Hij had zijn moreel gereorganiseerd.

En die dikke dode klootzak was een van de ergste met zijn corrupte manieren en smerige fantasieën.

Hij was een model in de samenleving, maar hij verspreidde en besmette alles wat hij aanraakte met zijn corrupte manieren.

Inclusief haar.

Ze had hem veranderd in iets wat ze niet was.

En nu had hij haar in een moordenaar veranderd.

Ze had uit zelfverdediging gedood en de stront die in een plas van haar eigen bloed lag, verdiende alles wat haar was overkomen.

Maar ze wist dat ze het nooit zou vergeten.

Hoe hij haar had mishandeld alsof ze niets meer was dan een vuile hoer, en hoe haar lichaam haar had verraden door met plezier te reageren op de aanraking van zijn vuile, moordzuchtige handen.

Hoeveel levens van andere jonge meisjes moeten deze twee hebben verpest?

En hoeveel leden die meisjes nog?

Ik ga niet meer lijden, dacht Gina.

Hij rende de trap op en ging de slaapkamer binnen.

Bij het zien van de twee dode lichamen wilde ze overgeven, maar ze slikte de misselijkheid met een elleboog weg en liep naar het bed.

's gezicht was een masker van afschuw, zijn mond zwart en open als een vis, zijn ogen bevroren van angst.

Gina keek weg en voelde naar de gouden armband om haar mollige pols.

Aan de ketting zat een dun rechthoekig medaillon.

Ze opende het en las het nummer erin: 47689.

Ze herhaalde het nummer als een mantra in haar hoofd, sloot het medaillon en stak haar hand in haar tas.

Hij pakte een tissue en veegde de vingerafdrukken van het medaillon.

Hij wierp John nog een laatste minachtende blik toe voordat hij zich omdraaide en de trap af rende.

Hij rende door de gang tot hij John's studeerkamer bereikte en opende de deur.

Hij speurde de kamer af tot zijn blik viel op datgene waarvoor hij gekomen was.

John is veilig.

Tijdens een van Gina's bezoeken had hij over de inhoud opgeschept en zij had geëist wat erin zat.

'Mooie juwelen,' had hij met een arrogante glimlach gezegd.

'Het is meer waard dan dit hele huis.'

Toen tikte hij met de ketting om zijn pols en legde zijn vinger op zijn lippen.

"Sst."

Gina liep naar de kluis aan de muur en toetste de combinatie in.

De kluis klikte, wat aangeeft dat deze geopend kon worden.

Ze opende de stalen deur en keek naar binnen.

Op een stapel bruine enveloppen lag een fluwelig rood juwelendoosje.

Gina voelde een knoop in haar maag.

Ze opende het en vond de meest ongelooflijke diamanten halsketting die ze ooit had gezien, waarvan de prachtig bewerkte stenen glinsterden met een filmisch effect.

'Het is meer waard dan dit hele huis,' fluisterde ze tegen zichzelf.

Genoeg om al je schulden af te betalen en nog wat.

Terwijl haar hart in haar borst klopte, sloot ze het deksel en stopte het juwelendoosje in haar tas.

Vervolgens sloot ze de kluis en wreef eventuele vingerafdrukken over het weefsel.

Ze haastte zich de studeerkamer uit en door de gang naar de voordeur, waarbij ze controleerde of haar hakken geen belastende afdrukken van haar op de glimmende planken hadden achtergelaten.

Niet van jou.

Ze opende de deur van het huis.

De zachte, koele lucht streek tegen haar wangen toen ze de nacht in liep en de last van de aanwezigheid in huis viel onmiddellijk van haar schouders.

Eindelijk vrij, rende ze de grindweg af, sprong in haar auto en gooide haar tas op de passagiersstoel.

Ze liet haar hoofd achterover op het stuur vallen en slaakte een lage, keelachtige schreeuw.

Uitgeput en uitgeput greep ze in haar tas en haalde haar telefoon eruit.

Ze belde 911.

'Politie, alstublieft, ik heb zojuist een man vermoord.'

WILDE ONTVANGST

Susan lag op de bank en dacht aan haar partner.

Ze hield met heel haar hart van hem en het was haar droom dat hij met het voorspel zou doen wat hij wilde.

Lik en zuig haar totdat haar niveau van extase de moeite waard was om voor te sterven.

Neuk haar dan met seks die krachtiger is dan creatie.

Het was zo'n saaie avond.

Susan lag in haar beha en roze zijden slipje op de bank naar een film te kijken.

Maar Susan dacht aan haar vriend, zijn mooie lichaam, groene ogen en donkerbruin haar.

Susans tong stak langs haar lippen terwijl ze aan hem dacht, en lust vulde haar lichaam en geest.

Op dat moment hoorde Susan de deur opengaan, hij was eindelijk hier.

Opgewonden en nat sprong ze op en rende naar de deur.

Daar stond hij in zijn spijkerbroek en een wit t-shirt.

Hij kwam de kamer binnen en zag de prachtige, deinende borsten van Susan, die van opwinding bijna uit haar beha vielen.

Hij pakte haar bij haar middel, trok Susan naar zich toe en kuste haar diep.

"Ik ben zo verdomd geil," fluisterde Susan in haar warme, natte mond. "Neuk mij nu."

Omdat hij geen tweede uitnodiging nodig had, duwde hij Susan naar de keukentafel.

Hij trok zijn shirt uit en deed het licht uit, waardoor de kamer donkerder werd.

Susan lag op de tafel, haar tepels staken nu door haar witte beha en er vormde zich een natte plek op haar bijpassende slipje.

Hij kwam naar haar toe en er vormde zich een bobbel in zijn spijkerbroek.

Hij leunt over Susan heen, kust zachtjes haar buik en likt hem helemaal af.

Susan hapt naar adem van plezier en haar handen grijpen zijn hoofd vast om hem dichterbij te trekken.

Hij bleef haar buik likken en kussen, en bewoog af en toe naar haar kutje, nog steeds bedekt door haar slipje , om hete lucht over haar te blazen.

Hij pakt haar ondergoed met zijn tanden vast en trekt ze in één snelle beweging naar beneden.

Hij gooit ze op tafel en snuffelt aan hun schaamhaar.

Susan begint te kreunen en zwaar te ademen.

Hij begraaft zijn gezicht in haar natte kutje en reikt omhoog om haar beha te verwijderen.

Susans parmantige borsten glijden over zijn zachte handen.

Ze likte nog een keer zachtjes aan Susan's spleet voordat ze naar de koelkast liep.

Hij maakte het open en haalde er een schaal met aardbeien uit. Hij nam er twee, plaatste er één op Susans buik en de andere tussen haar borsten.

Hij likte de aardbei aan zijn navel en at hem daarna op.

Hij bleef haar lichaam van onder naar boven likken en ging uiteindelijk door naar de volgende aardbei.

Hij likt Susans decolleté en beweegt de aardbei op en neer tussen haar borsten.

Susan kreunt bij de ongewone sensatie.

Hij bleef de aardbei steeds verder langs Susan's lichaam bewegen, totdat hij haar kutje bereikte en de aardbei met zijn tong duwde.

Susan snakte naar adem en hij kon haar kutje zien samentrekken rond de aardbei die bedekt was met haar sappen.

Ze duwde de aardbei dieper in haar kutje.

Hij bedekte het met zijn mond en zoog zachtjes totdat de aardbei weer in zijn mond zat; nu bedekt met Susan's poesjessappen.

Hij slurpte de aardbei, at hem op en draaide Susan op haar buik.

Met haar kont in de lucht streelde ze hem.

Hij sloeg Susan zachtjes op de kont, voordat hij naar haar kont dook en hem likte, waardoor zuigzoenen over haar hele kont achterbleven.

Vlakbij stond een pot honing, hij stak zijn vinger erin en spreidde die over Susans lippen.

Vervolgens stak hij zijn tong diep in haar waardoor Susan kreunde.

Hij slurpte zijn tong diep in haar kutje.

Luid kreunend zei Susan:

"Neuk mij nu."

Hij trok zijn spijkerbroek uit, zijn pik stond op springen.

Nu hij naakt is, steekt zijn pik groot en sterk uit.

Hij pakte Susan vast, streek met zijn handen over haar binnenkant van de dijen en plaatste zijn pik precies bij haar ingang.

Hij wreef zijn hoofd over haar nattigheid; Voorzichtig deed ze haar lippen van elkaar en liet zachtjes de eikel van zijn pik glijden.

Een kreun ontsnapte aan Susan's lippen toen ze het puntje van zijn lid in haar voelde komen.

Susan kreunde luider, terwijl hij de rest van zijn enorme harde pik in haar kutje liet glijden.

Terwijl hij haar allemaal vulde, kneep ze in de wanden van haar kutje, zodat er nu een kreun uit hem kwam.

Hij begon zijn pik in en uit Susan's kutje te pompen, en ging met elke slag verder en verder.

Hij bleef haar kutje beuken, waardoor Susan steeds luider kreunde.

Hij pakte haar dijen vast en bonkte harder dan ooit, grommend terwijl hij met zijn enorme lul Susan's lichaam binnendrong .

Susan riep:

"Dat voelt zo goed schat, neuk me harder."

Hij duwde zijn pik harder in Susan's kutje en voelde het sperma zich ophopen aan de basis van zijn pik.

Zijn ballen sloegen tegen Susan's kont met zijn beweging.

Susan slaakte een lange kreun en begon een wild orgasme te krijgen, waarbij haar kutje in zijn pik kneep, zodat hij ook een orgasme kreeg.

Sperma spoot uit zijn pik, de eerste straal kwam Susan's poesje binnen.

Maar hij trok zich terug en liet de rest zijn lichaam besprenkelen.

Net toen haar orgasme begon af te nemen, stak hij zijn vingers in haar kutje en pompte ze snel, waardoor Susan opnieuw een orgasme kreeg.

Kreunend en bewegend over de tafel trok Susan hem bovenop haar en kuste hem diep.

Hun zweet en sperma vermengden zich over de twee lichamen.

Nadat ze allebei ontspannen waren, zei hij:

"Het is leuk om zo ontvangen te worden."

EINDE

73